PLANETA DAS GÊMEAS

Os segredos de Melissa e Nicole

Hi, friends!

> Esta é a letra da Melissa!

Sejam muito bem-vindos ao nosso mais novo livro! Ni, já parou pra pensar quantas coisas aconteceram desde o primeiro???

Nossa, Me, já passamos por muitas aventuras com nossas amigas e nossos amigos, hein?! Teve a vez que a gente bagunçou naquele parque de diversões maluco, o dia que viramos sereias...

> Esta outra letra é da Nicole!

Verdade, Ni! Eu adorei a nossa última aventura no fundo do mar. Mas e agora... Será que nossos friends adivinham o que vem por aí?

Ah... Sem essa de suspense! Já vão ter muitos segredos por aqui... Ops, já contei hahaha. É isso mesmo, pessoal. Neste livro, vamos compartilhar com vocês alguns dos nossos segredos... Coisas que vocês não viram no YouTube, nem no Instagram!

Pois é... Vocês vão descobrir, por exemplo, que a Ni tem chulé...

Melissa! Isso é mentira!!! A verdade é que a Me não gosta de escovar os dentes!

Hahaha. Ai, Ni, que mentira! Na verdade, isso é tudo brincadeira. Vocês estão prestes a descobrir quais são nossos verdadeiros segredos. Tem alguns muuuito engraçados e tem outros que eu mesma nem acredito que contei.

Aaah, e o mais legal: vocês vão compartilhar conosco os segredos de vocês também. Não vale mentir, hein?

É verdade! Reservamos um espaço especial no livro para vocês destacarem as páginas e poderem compartilhar tudo com a gente! Tô bem curiosa para saber suas respostas.

Eu também tô, Me. Mas, no final, tem uma parte que você não vai poder ver!

Ah é? Pois você também não! Hahaha. Ah, Ni, e aquelas páginas são com fotos que jamais foram postadas? São as fotos no estilo "abri a câmera e tava na câmera frontal", ou seja, só vergonha mesmo! Hahaha.

Hahaha, nossa, nem me fale, Me! Mas confesso que adorei rever essas fotos. Olhem só, friends: querem mais intimidade do que isso? Agora, é hora de virar a página e ficar de olho em tudo o que revelamos!

Só não vale sair contando nossos segredos para todo mundo, tá? Vamos deixar tudo entre a gente, bem estilo ==best friends forever==.

Espero que vocês se divirtam. Ahhhh, e se quiserem mostrar seus segredos pra gente, é só compartilhar com a hashtag #ossegredosdemelissaenicole.

ATÉ LOGO, FRIENDS!

Sobre mim

Melissa

Estou sempre desejando:
Levar pra casa todos os bichinhos que vejo. São tão fofinhos! ♡

Meu cheiro favorito é:
Sabe que, ultimamente, eu ando gostando bastante do cheirinho de neném? Hahaha. Acho que é a convivência com o Theo.

Um dia, eu quero visitar:
Um santuário de elefantes. Não é segredo que eu sou apaixonada por esses bichinhos, né?

O que eu gosto de fazer nas horas vagas:
Pensar em trollagens para fazer com a Ni!

Matéria que mais gosto na escola:
Matemática, adoro exatas.

Melhor amigo da vida:
Além da mamãe, é claro, a Ni! ♡

Lugar preferido da casa:
Amo ficar no quarto vendo televisão com a Ni. Aliás, uma curiosidade: mesmo cada uma tendo seu quarto, nós dormimos juntas quase todos os dias! Hahaha.

Sobre mim
Nicole

Oba, adoro responder a esses questionários! Hahaha.

Estou sempre desejando:
Pizza, pizza e pizza! Por mim, almoçaria pizza todos os dias.

Meu cheiro favorito é:
Quando o almoço está quase pronto. Sabe aquele cheirinho beeem gostoso de comida? AMO! (Isso vale, né?! Hahaha.)

Um dia, eu quero visitar:
Hmmm... Vale um castelo de princesa? De verdade? Com torre e tudo? Será que existe?

O que eu gosto de fazer nas horas vagas:
Comer? Hahaha. Brincadeira. Hmmm... Adoro ficar conversando e assistindo a vídeos com a Me.

Matéria que mais gosto na escola:
Assim como a Me, também adoro matemática.

Melhor amigo da vida:
A mamãe e a Me. Mais que friends, sisters ♡

Lugar preferido da casa:
Também amo ficar no quarto jogando conversa fora. Mas eu adoro o salão de jogos e o cinema também. É sempre muito divertido quando estamos por lá, hahaha.

Melissa

Quase todos

> Nossa! Tem uma coisa que eu (e já adianto que a Ni também) não gosto e que as pessoas costumam estranhar, hahaha.

- ☑ Refrigerante
- ☑ Miojo
- ☐ Nutella
- ☐ Batom matte
- ☑ Filmes de sagas
- ☑ Novela
- ☐ Séries
- ☐ Acordar tarde
- ☐ Música muito alta
- ☐ Queijo
- ☑ Churrasco
- ☑ Açaí
- ☐ Pizza
- ☐ Churros
- ☐ Doce de leite

Só pode ser brincadeira isso aqui, né?! É simplesmente impossível não gostar de pizza, sério!

6

gostam, menos você

Nicole

> Eu juro que não copiei a Me. Mas a gente não gosta das mesmas coisas.

> Hahaha. Realmente, Me. Eu também não entendo como as pessoas gostam de refrigerante, maaasss... gosto é gosto, né?! Eu aposto que elas também não vão entender porque não gostamos de algumas coisas...

- ☒ Refrigerante
- ☒ Miojo
- ☐ Nutella
- ☐ Batom matte
- ☒ Filmes de sagas
- ☒ Novela
- ☐ Séries — Será que alguém vai marcar isso? Como assim???
- ☐ Acordar tarde
- ☐ Música muito alta
- ☐ Queijo
- ☒ Churrasco
- ☒ Açaí
- ☐ Pizza
- ☐ Churros
- ☐ Doce de leite

Melissa
Quem tem mais

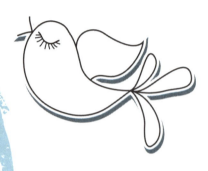

Hmmm... Se tiver uma pergunta aqui de quem tem mais chance de comer todo o chocolate escondido, já sei a resposta, Ni! Hahaha.

Chorar em um filme:
Tá, confesso. Sou eu!

Sempre esquecer algo:
A Ni é bem esquecidinha, viu? Já até esqueceu o estojo em casa, mas eu salvei minha sister! ♡

Dormir no meio do filme:
Nicoleee! Hahaha.

Estar sempre com fome:
Nicole de novo, hahaha!!! Mas eu sempre acabo aproveitando e comendo junto com ela.

Pagar mico em público:
Aqui é impossível escolher entre nós duas. Afinal, sempre pagamos micos juntas, principalmente para gravar vídeos.

Ter chulé:
A Ni, né?! É clarooo! Hahaha.

Nãããooo!!! #melissachulezenta.

8

chance de: Nicole

Quem tem mais chance de não gostar de pentear o cabelo? **A Melissa! Hahahaha.**

Editora, coloca aí uma nota dizendo que isso não é verdade? Hahahaha.

Chorar em um filme:
Melissa, claro!

Sempre esquecer algo:
Aff, preciso ser sincera. Vivo com a cabeça no mundo da lua.

Dormir no meio do filme:
Eu durmo com mais frequência, mas a Me dorme também, poxa.

Estar sempre com fome:
Eu levo a fama, mas a Me sempre come comigo!

Pagar mico em público:
Nós duas! Afinal, às vezes, gravamos uns vídeos no meio do shopping, do colégio... E todo mundo fica olhando sem entender nada. Hahaha. Teve um dia que andamos enroladas em uma toalha de banho no meio do shopping para gravar um vídeo. Micão daqueles!

Ter chulé:
Melissaaaa!!! E não pentear o cabelo também, hahaha.

Coisas mais legais

Melissa

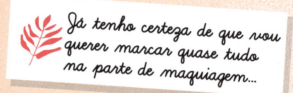
Já tenho certeza de que vou querer marcar quase tudo na parte de maquiagem...

Comidas
- ✓ Pizza
- ✓ Lanche
- ✓ Macarrão
- ○ Lasanha
- ✓ Nhoque
- ✓ Churros
- ✓ Bolo
- ✓ Chocolate
- ✓ Batata frita
- ✓ Purê de batata
- ✓ Batata assada
- ✓ Morango
- ✓ Melancia
- ✓ Pipoca

Marquei quase tudo! Podia, né? Hahaha.

Beleza
- ✓ Corretivo
- ✓ Máscara de cílios
- ✓ Batom
- ✓ Gloss
- ✓ Blush
- ✓ Iluminador
- ○ Base
- ✓ Sombra
- ○ Delineador
- ○ Hidratante para o corpo
- ✓ Chapinha
- ✓ Creme para o cabelo
- ✓ Esmalte

Hobbies
- ✓ Ouvir música
- ✓ Dançar
- ✓ Andar de bicicleta
- ✓ Andar de patins
- ✓ Mexer no celular
- ✓ Assistir a filmes e séries

Pode escolher tudo, né?

da vida

Nicole

Como já deixei claro: pizza é vida! ♡

Comidas
- ☒ Pizza
- ☒ Lanche
- ☒ Macarrão
- ☐ Lasanha
- ☐ Nhoque
- ☒ Churros
- ☒ Bolo
- ☒ Chocolate
- ☒ Batata frita
- ☒ Purê de batata
- ☒ Batata assada
- ☒ Morango
- ☒ Melancia
- ☒ Pipoca

Beleza
- ☒ Corretivo
- ☐ Máscara de cílios
- ☒ Batom
- ☒ Gloss
- ☒ Blush
- ☒ Iluminador
- ☐ Base
- ☒ Sombra
- ☒ Delineador
- ☒ Hidratante para o corpo
- ☐ Chapinha
- ☒ Creme para o cabelo
- ☒ Esmalte

Hobbies
- ☒ Ouvir música
- ☒ Dançar
- ☒ Andar de bicicleta
- ☒ Andar de patins
- ☒ Mexer no celular
- ☒ Assistir a filmes e séries

Não resisti e escolhi todos os itens também!

Melissa — Dias que você

Aqui vai ser facinho de responder, hahaha.

Uma vergonha que passei:
Não percebi que vesti a blusa do lado errado e fui para o shopping. Lá, tirei fotos com vários inscritos e só no final do dia percebi que a blusa estava do avesso. Que mico!

A pior bronca que eu já levei da mamãe:
Quando manchei o sofá novo com brigadeiro (até que a bronca valeu a pena, estava delicioso! Hahaha.)

A briga mais séria que tive com minha melhor amiga:
A minha melhor amiga é a Ni, mas nunca tivemos uma briga séria. São sempre briguinhas bobas: pelo último chocolate da caixa, pelo filme que vamos assistir...

O maior mico que postei nos stories:
Fomos postar a sessão de fotos deste livro no stories e no meio das poses dei um tapão na cabeça da Ni sem querer. Ops!

gostaria de esquecer

Nicole

Vixi, sou expert em passar vergonha... Hahaha.

Uma vergonha que passei:
Eu estava mascando chiclete e uma inscrita veio pedir uma foto comigo bem na hora que eu estava fazendo uma bola imensa. O chiclete estourou no meu rosto e grudou tudo! Morri de vergonha! Hahaha.

A pior bronca que eu já levei da mamãe:
Ela insistiu para que eu não levasse o celular para uma festa porque sabia que eu ia esquecer lá. E esqueci!

A briga mais séria que tive com minha melhor amiga:
A Me e eu não temos brigas sérias, mas o motivo que mais brigamos é quando quero uma coisa de um jeito e ela de outro (tipo uma querer deixar o ar-condicionado ligado enquanto a outra está congelando feito um esquimó).

O maior mico que postei nos stories:
Fui mostrar o buffet de um restaurante que estava almoçando nos stories e, sem querer, derrubei os palmitos do meu prato no pote de molho do buffet. MICÃO!

O que você

Ai, sou tão indecisa. Já quero escolher tudo o que tem aí, hahaha.

IGTV	○	YouTube ✓
✓ Viajar de avião	○	Viajar de carro
✓ Dia	○	Noite
✓ Doce	○	Salgado
✓ Piscina	○	Praia
✓ Calor	○	Frio
✓ Brigadeiro	○	Beijinho
Chocolate branco	○	Chocolate ao leite ✓
✓ Pipoca	○	Salgadinho
Filmes de comédia	○	Filmes de aventura ✓
✓ Feijão por cima	○	Feijão por baixo
Mexer no celular	○	Mexer no computador ✓
Café da manhã	○	Jantar ✓
✓ Ir ao shopping	○	Comprar on-line

14

prefere?

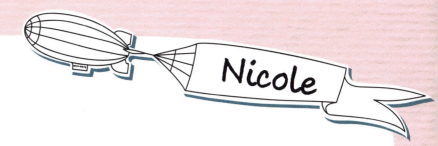

Ebaaa, adoro responder essas coisas, hahaha.

IGTV	•○	YouTube ✗
✗ Viajar de avião	○•	Viajar de carro
✗ Dia	○•	Noite
✗ Doce	○•	Salgado
✗ Piscina	○•	Praia
✗ Calor	○•	Frio
✗ Brigadeiro	○•	Beijinho
Chocolate branco	•○	Chocolate ao leite ✗
✗ Pipoca	○•	Salgadinho
✗ Filmes de comédia	○•	Filmes de aventura
✗ Feijão por cima	○•	Feijão por baixo
✗ Mexer no celular	○•	Mexer no computador
✗ Café da manhã	○•	Jantar
✗ Ir ao shopping	○•	Comprar on-line

Melissa
Você tem direito

Seria o *máximo* encontrar uma lâmpada mágica, mas preciso pensar muito bem no que pedir.

1 - Que não existissem mais doenças.

2 - Ver o Clooney mais uma vez! ♡

3 - Viajar o mundo inteiro com minha família.

facilitariam a vida

Nicole

Não vale, falei primeiro! Hahaha.

1. ~~Cama que se arruma soz~~

Cobertor que seja repelente. Quando eu tô pegando no sono, o pernilongo começa a fazer "zuuum" na minha orelha. Aff!

2. Pílulas que se transformam facilmente em comidas. Já imaginou colocar uma pílula no micro-ondas e pronto! Uma batata frita quentinha e crocante saindo. Hmmm...

3. Etiquetinhas que emitem um som ==bem alto== para colocar em celular, brincos, pulseiras, estojos. Assim, eu não perderia tanta coisa... Hahaha.

19

Melissa
Hábitos não legais

É hora de jogar os defeitos na roda? Hahaha.

- ☑ Estar sempre atrasada
- ☐ Ficar no celular enquanto conversa com alguém
- ☑ Demorar muito no banho
- ☐ Se distrair muito fácil
- ☑ Deixar as luzes acesas
- ☑ Ativar a soneca do alarme *Eca! Alguém faz isso?*
- ☐ Não escovar os dentes antes de dormir
- ☐ Ser impaciente
- ☐ Ser teimosa
- ☐ Perder ou esquecer tudo
- ☑ Dormir de maquiagem
- ☐ Não comer frutas, legumes e verduras
- ☐ Dormir muito tarde
- ☐ Roer unhas

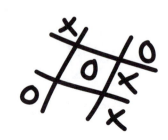

que você tem

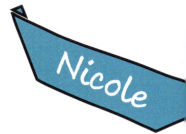

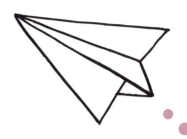

Hahahaha. Me, adorei a expressão "jogar defeitos na roda". Pelo que vi, é isso mesmo, hein?!

- [x] Estar sempre atrasada
- [ ] Ficar no celular enquanto conversa com alguém
- [x] Demorar muito no banho
- [x] Se distrair muito fácil
- [ ] Deixar as luzes acesas
- [ ] Ativar a soneca do alarme
- [ ] Não escovar os dentes antes de dormir
- [x] Ser impaciente
- [x] Ser teimosa
- [x] Perder ou esquecer tudo
- [x] Dormir de maquiagem
- [ ] Não comer frutas, legumes e verduras
- [ ] Dormir muito tarde
- [ ] Roer unhas

A festa perfeita

Ni, já adorei essa parte. Festaaaa!!!

E aqui, respondemos juntas, né?! Afinal, nosso aniversário é no mesmo dia! Hahaha.

- 🟠 Escolha da Me
- 🔵 Escolha da Ni
- 🔴 Escolha das duas

Tema tradicional	Tema superdiferentão
Bolo de chocolate	Bolo com morangos
Vestido tradicional	Vestido moderninho
Quiosque de sucos	Quiosque de milkshake
Docinhos tradicionais	Docinhos sofisticados
Valsa	Coreografia diferentona

Ainda bem que concordamos com quase tudo, hein?!

Sobre mim

Estou sempre desejando: ....

Meu cheiro favorito é: ....

Um dia, eu quero visitar: ....

O que eu gosto de fazer nas horas vagas: ....

Matéria que mais gosto na escola: ....

Melhor amigo da vida: ....

Lugar preferido da casa: ....

Quem tem mais chance de :

Aqui, chame alguém para brincar. Você responde no primeiro quadro e o seu amigo, no segundo. Depois, comparem as respostas!

Chorar em um filme:

Chorar em um filme:

Sempre esquecer de algo:

Sempre esquecer de algo:

Dormir no meio do filme:

Dormir no meio do filme:

Estar sempre com fome:

Estar sempre com fome:

Pagar mico em público:

Pagar mico em público:

Ter chulé:

Ter chulé:

Coisas mais legais da vida

Comidas
- [ ] Pizza
- [ ] Lanche
- [ ] Macarrão
- [ ] Lasanha
- [ ] Nhoque
- [ ] Churros
- [ ] Bolo
- [ ] Chocolate
- [ ] Batata frita
- [ ] Purê de batata
- [ ] Batata assada
- [ ] Morango
- [ ] Melancia
- [ ] Pipoca

Beleza

- [ ] Corretivo
- [ ] Máscara de cílios
- [ ] Batom
- [ ] Gloss
- [ ] Blush
- [ ] Iluminador
- [ ] Base
- [ ] Sombra
- [ ] Delineador
- [ ] Hidratante para o corpo
- [ ] Chapinha
- [ ] Creme para o cabelo
- [ ] Esmalte

Hobbies
- [ ] Ouvir música
- [ ] Dançar
- [ ] Andar de bicicleta
- [ ] Andar de patins
- [ ] Mexer no celular
- [ ] Assistir a filmes e séries

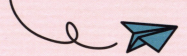

Dias que você gostaria de esquecer:

Uma vergonha que passei:
....
....
....

A pior bronca que eu já levei da mamãe:
....
....
....

A briga mais séria que tive com minha melhor amiga:
....
....
....

O maior mico que postei nos stories:
....
....
....

Eu tô vendo você fingir que não passou essa vergonha, hein?! Hahaha.

O que você prefere?

Ai! Tem coisa que não dá pra escolher uma só, eu sei! Hahaha.

IGTV	○ ○	YouTube
Viajar de avião	○ ○	Viajar de carro
Dia	○ ○	Noite
Doce	○ ○	Salgado
Piscina	○ ○	Praia
Calor	○ ○	Frio
Brigadeiro	○ ○	Beijinho
Chocolate branco	○ ○	Chocolate ao leite
Pipoca	○ ○	Salgadinho
Filmes de comédia	○ ○	Filmes de aventura
Feijão por cima	○ ○	Feijão por baixo
Mexer no celular	○ ○	Mexer no computador
Café da manhã	○ ○	Jantar
Ir ao shopping	○ ○	Comprar on-line

35

Três objetos que facilitariam a vida

1. _____

2. _____

3. _____

/ A vida seria muuuuito mais fácil com tudo isso! Hahaha.

Hábitos não legais que você se identifica

- ☐ Estar sempre atrasada
- ☐ Ficar no celular enquanto conversa com alguém
- ☐ Demorar muito no banho
- ☐ Se distrair muito fácil
- ☐ Deixar as luzes acesas
- ☐ Ativar a soneca do alarme
- ☐ Não escovar os dentes antes de dormir
- ☐ Ser impaciente
- ☐ Ser teimosa
- ☐ Perder ou esquecer tudo
- ☐ Dormir de maquiagem
- ☐ Não comer frutas, legumes e verduras
- ☐ Dormir muito tarde
- ☐ Roer unhas

Como seria sua festa perfeita

Hmmm... Quero só ver se vou ser convidada.

- ☐ Tema tradicional ☐ Tema superdiferentão
- ☐ Bolo de chocolate ☐ Bolo com morangos
- ☐ Vestido tradicional ☐ Vestido moderninho
- ☐ Quiosque de sucos ☐ Quiosque de milkshake
- ☐ Docinhos tradicionais ☐ Docinhos sofisticados
- ☐ Valsa ☐ Coreografia diferentona

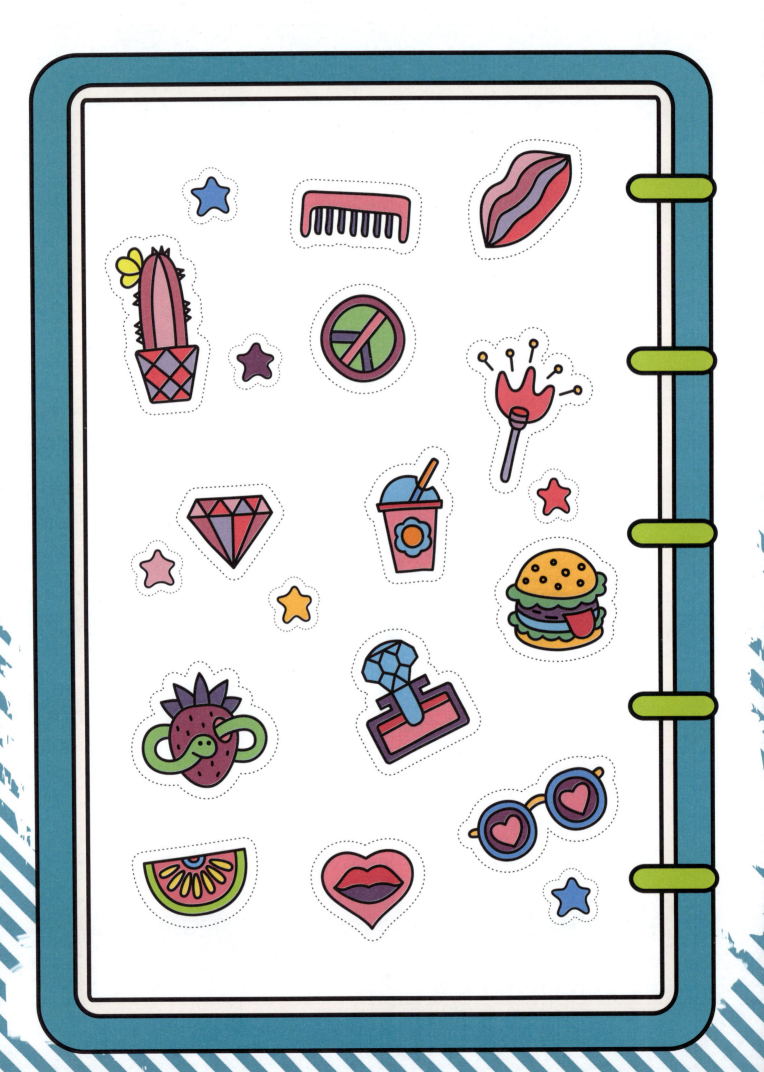

Top 3 do canal

Melissa & Nicole

Vai ter vídeo de trollagem também, porque a gente adora! Hahaha

E, Me, os nossos friends também! Hahaha.

As curiosidades não acabaram!

Melissa

Trollagem na piscina

Dessa vez, a mamãe e o Rodrigo aprontaram com a gente. Essa trollagem ficou engraçada! Hahaha.

▶ https://bit.ly/2TFc8K0

Coloquei um piercing?

Agora foi a minha vez. Resolvi trollar o Rodrigo! Foi muito divertido. ☺

▶ https://bit.ly/39Le2Ox

A mamãe está grávida!

Amo esse vídeo! É emocionante! Muito amor pelo Theo. ♡

▶ https://bit.ly/2vMQQB4

Nicole

A Me vai sair do canal?

3

Minha revanche, uhuuul! Quem mais achou que eu tava expulsando a Me do canal?

▶ https://bit.ly/3aNDZxe

O nosso irmãozinho chegou

2

Eu choro só de pensar nesse vídeo! Quem aí também ama o Theo?

▶ https://bit.ly/38HdE2x

1º mêsversário do Theo

1

Esse vídeo é incrível. Foi muito divertido (e emocionante) comemorar o primeiro mêsversário do nosso irmãozinho!

▶ https://bit.ly/2U4ONAc

43

Isso o Instagram

Ai-Meu-Deus. Olha só, isso que eu chamo de intimidade, hein?!

Era para sorrir para a foto, mas a Me não conseguia tirar o olho da torta.

Bem na hora da parada de mão, a Ni começou a cair e estragou a foto.

46

não mostra

Maquiagem borrada e muita diversão na espuma.

Tentamos fazer uma foto estilo propaganda de xampu, mas não deu certo.

> Hahahaha, tô morrendo de rir com as fotos.

Quem mais não consegue abrir os olhos para tirar foto no sol?

Ai, ai, ai. Só vale fotos não-postáveis? **É isso, editora?** Hahaha.

Sim, Ni! É isso mesmo! Pode caprichar aí na escolha. A gente quer ver vocês fazendo careta. 😊

Eu não acredito que você escolheu essa foto, Nicole!

Como se não bastasse o chifrinho que eu fiz na Me, ela ainda saiu com olho de zumbi.

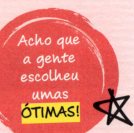
Acho que a gente escolheu umas **ÓTIMAS!**

Poderia ter escolhido uma mais bonitinha, mãe!

Confesso que esta foi eu que escolhi, meninas!

Eu bem quis postar essa foto, mas a Ni não deixou.

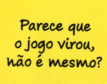
Parece que o jogo virou, não é mesmo?

Quando o coração sai completamente torto #fail.

48

Não vale espiar, Ni!

Segredos da Melissa que só você pode saber.
Mas não espalhe, tá?!

- A Ni já contou que eu amo uma trollagem, né? Maaaas... Eu já fiquei com dó de zoar a Nicole várias vezes, acredita? #teamoni.

- Já tentei fingir que era a Ni na escola! Mas não deu certo, não! Hahaha.

- Peguei o estojo da Ni emprestado e perdi a caneta favorita dela...

- Uma vez, o tênis que eu queria colocar estava sujo, então, coloquei no armário da Ni e peguei o dela que estava limpo. Ops!

• Já estraguei uma (ou várias, hahaha) selfies da Ni! Mas foi sem querer... Eu juro!

• Devorei um bolo que a Ni estava guardando pra comer depois achando que era meu!

• Quebrei uma sombra da Ni que ela amava e culpei o Theo! Será que ela acreditou?

Agora é a vez da Nicole abrir o jogo e contar tudo o que a Me não pode saber.

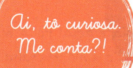
Ai, tô curiosa. Me conta?!

Não, né? Vai estragar a brincadeira!

59

- Uma vez, depois de a Melissa me trollar, eu comi todo o chocolate dela! Foi a minha primeira revanche, aí eu pensei melhor e fiz aquele vídeo trollando a Me. Hahaha. #desculpame.

- Já fiquei com medo de andar em uma montanha-russa na Disney com a Me, mas fui mesmo assim! Melhor irmã e companhia do mundo para todas as aventuras!

- Peguei emprestado uma roupa da Me sem ela saber e sujei de suco... Ops!

- Perdi o brinco preferido da Me e ainda ajudei a procurar quando ela sentiu falta. Ela vai ficar brava se souber disso. Shhh!

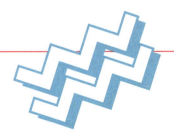
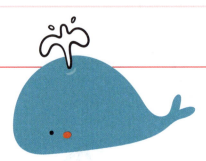
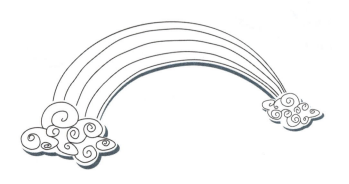

- Já peguei um adesivo do caderno da Me que ela estava guardando. Até hoje ela não sabe quem pegou.

- Dormi no meio de um filme que a Me estava muuuuito empolgada para ver comigo, mas acho que ela não percebeu. Espero que não...

- Mandei mensagem pelo celular da Me achando que era o meu, depois fiz que não era comigo a confusão, hahaha.

Agora acabou!

Me, tô curiosa para saber o que você colocou na parte que não posso ler...

Nem vem, Ni. Não pode ler. Se você ler o que escrevi, eu leio o que você escreveu! Hahaha.

É, talvez não seja uma boa ideia mesmo, né?! Vai que a gente acaba descobrindo que uma come as coisas da outra, por exemplo.

Nicole, você come as minhas coisas? Eu jamais faria isso!

Eu??? Claro que não, Me. Foi só um exemplo. ==E-xem-plo.==

Hmmm, sei... Que bom. Porque eu nunca faria isso, Ni. Hahaha. Acho que tá na hora de nos despedirmos, né?

Ahhhh, Me, passou tão rápido. Eu ==adorei== compartilhar esses segredos com nossos friends. Foi ==tão divertido!==

Foi mesmo, Ni! E a parte das fotos, então? Hahaha. Fotos que jamais postaríamos nas redes e que acabaram em um ==livro==.

Ou seja, essas fotos vão circular por muitos e muitos anos... Hahaha.

Né?! Hahaha. Friends, é hora de dar "tchau"!

Sim, Me. Mas não se preocupem, pois vocês sabem: logo estamos de volta!

Ah, e estamos muito curiosas para saber as respostas de vocês. Postem com a hashtag #ossegredosdemelissaenicole que nós vamos ficar de olho em tudo!

Compartilhar esses segredos com vocês nos deixou ainda mais próximos e íntimos.

Veeerdade, a intimidade já é nível 10.000.000. Hahaha.

Hahaha. Siiim, Me! Friends, é hora de nos despedirmos. Esperamos que vocês tenham gostado e se divertido junto com a gente!

Todos os direitos reservados à Astral Cultural e protegidos pela Lei 9.610, de 19.2.1998.
É proibida a reprodução total ou parcial sem a expressa anuência da editora.
Este livro foi revisado segundo o Novo Acordo Ortográfico da Língua Portuguesa.

Produção editorial Aline Santos, Bárbara Gatti, Bruna Villela, Fernanda Costa, Mariana Rodrigueiro, Natália Ortega, Tâmizi Ribeiro
Fotos Rodrigo Lopes
Capa Marina Ávila

Ilustrações Abstract and Textures/shutterstock, ADELART/shutterstock, Alex Oakenman/shutterstock, Anna Kutukova/shutterstock, Anne Punch/shutterstock, Angeliki Vel/shutterstock, artnLera/shutterstock, Artishok/shutterstock, Art_Textures/shutterstock, ArtHeart/shutterstock, Beskova Ekaterina/shutterstock, Bibadash/shutterstock, CHONNAKARN ROOPSOM/shutterstock, Devita ayu silvianingtyas/shutterstock, Dovile Kuusiene/shutterstock, Drekhann/shutterstock, Drobova Art/shutterstock, Exclusively/shutterstock, ExpressVectors/shutterstock, HN Works/shutterstock, Iraida Bearlala/shutterstock, jannoon028/shutterstock, LanaN/shutterstock, Lina_Lisichka/shutterstock, Liubou Yasiukovich/shutterstock, littleWhale/shutterstock, Lovecta/shutterstock, males_design/shutterstock, Maria Averburg/shutterstock, mhatzapa/shutterstock, Mitoria/shutterstock, Nadya_Art/shutterstock, Natewimon Nantiwat/shutterstock, natkacheva/shutterstock, nutalina/shutterstock, Oleksii2/shutterstock, Olga_Angelloz/shutterstock, Olga Zakharova/shutterstock, olllikeballoon/shutterstock, Padma Sanjaya/shutterstock, Picnote/shutterstock, Polina Parm/shutterstock, primiaou/shutterstock, Radha Design/shutterstock, Ruslana_Vasiukova/shutterstock, schiva/shutterstock, Senpo/shutterstock, sinoptic/shutterstock, Sudowoodo/shutterstock, Stoliarova Daria/shutterstock, supermimicry/shutterstock, TashaNatasha/shutterstock, tiny_selena/shutterstock, Tori Art/shutterstock, Vaskina mat/shutterstock, visiostyle/shutterstock, Voin_Sveta/shutterstock, kondratya/shutterstock, ksuklein/shutterstock, Wantrisna Vector/shutterstock, Zaretska Olga/shutterstock

Primeira edição (abril/2020)
Papel de capa Cartão Triplex 300g
Papel de miolo Offset 90g
Gráfica LIS

Dados Internacionais de Catalogação na Publicação (CIP)
Angélica Ilacqua CRB-8/7057

M471p
    Melissa
       Planeta das gêmeas : os segredos de Melissa e Nicole / Melissa e Nicole. — Bauru, SP : Astral Cultural, 2020.
       64 p. : il., color.

       ISBN: 978-65-81438-09-8

       1. Literatura infantojuvenil 2. Brincadeiras 2. Vlogs (Internet) 3. YouTube (Recurso eletrônico) I. Título II. Nicole

20-1523   CDD 028.5

Índices para catálogo sistemático:
1. Literatura infantojuvenil 028.5

ASTRAL CULTURAL É A DIVISÃO DE LIVROS
DA EDITORA ALTO ASTRAL.

BAURU
Av. Nossa Senhora de Fátima, 10-24
CEP 17017-337
Telefone: (14) 3235-3878
Fax: (14) 3235-3879

SÃO PAULO
Rua Helena 140, Sala 13
1º andar, Vila Olímpia
CEP 04552-050

E-mail: contato@astralcultural.com.br